Lia Finlay

Lia-Finlay

Harmonia - 1. Blick in die Vergangenheit

story.one – Life is a story

1st edition 2023
© Lia-Finlay

Production, design and conception:
story.one publishing - www.story.one
A brand of Storylution GmbH

All rights reserved, in particular that of public performance, transmission by radio and television and translation, including individual parts. No part of this work may be reproduced in any form (by photography, microfilm or other processes) or processed, duplicated or distributed using electronic systems without the written permission of the copyright holder. Despite careful editing, all information in this work is provided without guarantee. Any liability on the part of the authors or editors and the publisher is excluded.

Font set from Minion Pro, Lato and Merriweather.

© Cover photo: Photo by manu schwendener on Unsplash

ISBN: 978-3-7108-4475-1

Schöne Bücher sind wie Musik:
Sie besitzen die Macht uns tief im inneren zu
Berühren und uns an Orten zu treffen, wie es
kein anderer Vermark!
-Lia_Finlay-

Ich danke allen, die sich entschlossen haben
mein Buch zu lesen. Ich hoffe ihr habt dabei genauso
viel Spaß, wie ich es beim Schreiben
hatte. Ganz besonders möchte ich mich bei
meinem Mann bedanken, der mich bei allem
Unterstützt! Bei meiner Geschichte wurde ich
durch die Bücher von Abbi Glines und Kerstin
Gier inspiriert.

INHALT

Harmonia Kapitel 1	9
Harmonia Kapitel 2	13
Harmonia Kapitel 3	17
Harmonia Kapitel 4	21
Harmonia Kapitel 5	25
Harmonia Kapitel 6	29
Harmonia Kapitel 7	33
Harmonia Kapitel 8	37
Harmonia Kapitel 9	41
Harmonia Kapitel 10	45
Harmonia Kapitel 11	49
Harmonia Kapitel 12	53
Harmonia Kapitel 13	57
Harmonia Kapitel 14	61
Harmonia Kapitel 15	65
Harmonia Kapitel 16	69
Harmonia Kapitel 17	73

Altgriechische Abschriften

Theben

Zur Vermählung hatte Kadmos seiner geliebten Frau Harmonia eine Halskette von Hephaistos anfertigen lassen.

Harmonia Kapitel 1

Hanna war 24 Jahre alt und alleine nach Griechenland geflogen. Seitdem Ihr Urlaub begonnen hatte, lief alles schief. Ihr Auto hatte eine Reifenpanne, das Personal auf dem Flughafen streikte und gelandet war sie schließlich ohne Gepäck, da dieses versehentlich vertauscht wurde. Durch einen Airtag im Koffer konnte sie ihr Gepäck orten, dass sich aktuell über dem Meer in der Nähe Afrikas befand. Nur Ihre Handtasche, in der sie die wichtigsten Dinge wie Handy, Portmonee und die Reisepapiere eingesteckt hatte, waren ihr geblieben. Auch die Überfahrt mit der Fähre von Athen nach Rhodos sollte nicht Ereignislos verlaufen. Hanna genoss gerade ein paar warme Sonnenstrahlen während sie an ihre Unterkunft dachte, als das Boot eine Kurve fuhr und etwas von hinten in ihre Kniekehle stolperte. Hanna geriet ins Straucheln, und verlor das Gleichgewicht. Doch bevor sie auf dem Boden landete, umfassten sie zwei starke Arme und zogen sie in einen sicheren Stand. Als sie sich umsah, stand hinter ihr ein braungebrannter, gutaussehender Kerl mit einer Pilotenbrille. Seine dunklen Haare verliehen ihm einen leichten Bad-Boy Flair. "Danke das du mich aufgefangen hast. Ich heiße Hanna und du?" Der Typ sah sie nur verächtlich an. Dabei hatte sie erstklassig Griechisch gesprochen. Ihre Oma kam einst aus Griechenland und hatte von klein auf immer nur auf Griechisch mit Hanna gesprochen. Sie versuchte es noch mal auf Englisch. Wieder sah er sie nur an und zeigte keine Regung. Da das Boot erneut eine Kurve fuhr und dieses Mal langsamer wurde, wandte Hanna ihren Blick ab. Gleich würden Sie anlegen und ihr Urlaub könnte endlich beginnen. Voller Vorfreude drehte sich Hanna, um den Anblick der Insel aufzusaugen. Doch es waren zu viele Menschen an Bord. Egal wohin sie sah, sie sah nur Köpfe. Als das Boot angelegt hatte, gab es nur ein Drängeln und Schubsen. Hanna fühlte sich ins letzte Jahr zurückversetzt als in Deutschland das 9-Euro-Ticket herausgekommen war. Sie wurde vom Boot getragen ohne das ihre Füße den Boden berührten. Als sich die Menschenmenge ein wenig aufgelöst hatte, hielt sie nach einem Taxi Ausschau. Doch vergeblich. Also ging sie zu Fuß und folgte der Navigation auf Ihrem Handy. Nach etwa 25 Minuten hatte sie die kleine Pension erreicht. Von außen machte sie einen guten und freundlichen Eindruck. Das Haus war in dem für Griechenland typischen weiß blau gehalten und erinnerte ein bisschen an ihren Lieblingsfilm "Mamma Mia". Sie trat ein und eine kleine Glocke über der Tür schellte. Sie ging an den Empfangstresen. Aus einem dahinterliegendem Raum trat ein junger Mann mit dunklem Haar. Verdammt, das war er! Der merkwürdige Typ vom Schiff. "Hallo, herzlich willkommen bei uns. Ich bin Dimitri und das hier ist mein Neffe Roberto. Und du musst Hanna sein. Roberto würdest du ihr bitte das Zimmer zeigen und ihr Gepäck nehmen?" Hinter dem Jungen der, wie Hanna jetzt wusste, Roberto hieß, kam ein älterer Mann aus dem Raum zum Vorschein. "Hallo, vielen Dank, aber die Fluggesellschaft hat mein Gepäck in das falsche Flugzeug geladen, weshalb ich nichts weiter dabei habe", erwiderte sie unbehaglich. Roberto entfuhr ein kurzes Schnauben. Na schön, folge mir Harmonia aber halte dich von mir fern!"

Das Orakel von Delphi

"Kadmos, beende deine Suche. Finde eine Kuh mit einer weißen Zeichnung und folge ihr. Dort wo sie sich niederlässt kannst du bauen. Doch gebe acht es werden Kämpfe nötig sein!"

Harmonia Kapitel 2

Tanja Schindler

"Wie hast du mich grade genannt? Ich heiße Hanna!" irritiert schaute sie Roberto an, doch dieser ging unbeeindruckt voran. Hanna hatte Mühe hinter ihm herzukommen. Vor einer Tür blieb er plötzlich stehen und öffnete diese. "Nach dir Harmonia!" Wieder dieser Name und ein Lächeln, dass ihr das Blut in den Adern gefrieren ließ. Aus seinen Augen blitzte er sie herausfordernd an. Sie waren wie sein Haar dunkel aber in seiner Iris war ein Pentagramm in einem dunkel-grün erkennbar. Es sah beinahe surreal aus aber dennoch wunderschön. "Soll ich vielleicht mein T-Shirt ausziehen, um dir einen noch besseren Anblick zu bescheren, das kostet dann aber extra." Seine Stimme war so tief und rau, dass es fast wie eine liebevolle bedrohliche Liebkosung klang. Während er sprach war er Hanna so nahe gekommen, dass sich Ihre Nasenspitzen fast berührten. Hanna musste schlucken und riss sich dann mit aller Macht von seinem Blick los. Abgelenkt von diesem Moment taumelte Hanna in ihr Zimmer und stolperte über ihre Füße. Sie versuchte einen Sturz zu vermeiden und wollte sich an dem Tisch neben ihr abstützen, leider missglückte dies. Doch bevor sie hart auf dem Boden aufschlagen konnte, hatten sich zwei starke Arme um ihre Taille geschlungen und zogen sie kraftvoll aber behutsam auf das nahestehende Bett. "Wird das jetzt unser Ding, Harmonia?" wieder diese tiefe Stimme ganz nah an ihrem Ohr. Hannas Herz pochte. In ihr zog sich alles zusammen. Sie hatte das Gefühl zu ertrinken, wenn er sie loslassen würde. Sie sehnte sich nach seinen Berührungen. Aber hallo? Hanna kannte den Typen nicht einmal. Er spielte mit Ihr und das wusste sie. Trotzdem hatte sie das Gefühl ihn schon ewig zu kennen. Wie etwas, dass man wiedergefunden hatte ohne zu bemerken, dass man es je verloren hatte. Ein stechender Schmerz holte sie aus ihren Gedanken. "Mist, ich glaube, ich habe mir meinen Knöchel verstaucht. Ach wäre ich mal lieber zu Hause geblieben. Die Reifenpanne hätte mir Warnung genug sein sollen. Und was ist dieses Harmonia?" Hanna hatte es bissiger herausgebracht als beabsichtigt. Doch Roberto schüttelte nur tadelnd den Kopf, zog ihr Bein behutsam auf seinen Schoß und besah sich ihren Knöchel. "Ich fürchte, du hast recht. Warte hier, ich hole etwas zum kühlen." Einen kurzen Moment später kehrte er wieder zurück in das Zimmer. In der einen Hand ein Kühlakku und in der anderen ein Glas mit Wasser. Er hielt es ihr hin. "Trink!" Hanna sah ihn skeptisch an. "Es ist nur Wasser mit einem Schmerzmittel. Ich betäube dich schon nicht, um dich gefügig zu machen. Das habe ich nicht nötig!" Roberto klang ein bisschen beleidigt aber so aufrichtig, dass Hanna das Glas nahm und trank. Was auch immer da im Trinken war, die Wirkung setzte schnell ein. Hanna fühlte sich sofort schläfrig, doch sie wollte nicht alleine bleiben. "Roberto? Kannst du bei mir bleiben und mir erzählen, wer oder was Harmonia ist?" Roberto lächelte etwas verlegen. "Du gehst aber ziemlich schnell ran!" Hanna gab ihm ein Zeichen und er legte sich zu ihr aufs Bett. Sie zog sich die Hose aus, warf sie über den Schreibtischstuhl und ohne weiter darüber nachzudenken, kuschelte sich Hanna schläfrig an seine Brust. Das Letzte, was sie wahrnahm, war seine Hand, die zärtlich ihr blondes Haar streichelte und den unregelmäßige Schlag seines Herzens unter ihrem Kopf. Dann war sie eingeschlafen. Im Unterbewusstsein, nahm sie wahr, dass jemand die Vorhänge zu zog und sie zudeckte. Dann fiel die Tür ins Schloss und alles war still.

Aufzeichnungen des Hermes

Kadmos tötete einen Drachen. Zur Strafe diente er Ares 8 Jahre. Aus den Drachenzähnen erhielt er 5 tapfere Krieger. Athene schenkte ihm den Thron von Theben & Zeus Harmonia.

Harmonia Kapitel 3

Tanja Schindler

Als Hanna erwachte, griff sie nach Ihrem Handy, welches auf dem Nachtschrank lag. Es war bereits neun Uhr morgens. Sie schwang sich aus dem Bett und erstarrte. Sie hatte keine Hose mehr an. Wann hatte sie Ihre Jeans ausgezogen? Ihr Blick glitt zum Schreibtischstuhl, wo ihre Hose ordentlich zusammengelegt darüber hing. Hanna begutachtete Ihren Knöchel und war dankbar, dass sie in Ihrer Handtasche wenigstens eine kurze Shorts eingepackt hatte. Mit dem Bein würde sie ohnehin nicht in die Jeans kommen. Als sie sich fertig angezogen hatte humpelte sie langsam durch die Pension auf der Suche nach dem Speisesaal. Sie trat durch eine Balkontür. Es war angenehm warm und ein leichter Wind ging, der die salzige Meeresluft bis zu ihr hinauf trug. "Guten Morgen Harmonia, was macht dein Bein? Wie du geschlafen hast, brauche ich ja nicht zu fragen. Du hast geschlafen wie eine Göttin." Da war sie wieder, diese unverkennbare triefende sarkastische und gleichzeitig wundervolle Stimme die sie erröten ließ. Hanna drehte sich um und sah Roberto mit Dimitri an einem reich gedeckten Frühstückstisch sitzen. "Komm her kleines, die anderen Gäste haben bereits gegessen und sind unterwegs aber du darfst dich gerne zu uns gesellen." Dimitri machte eine einladende Handbewegung und Hanna setzte sich zu Ihnen. "Vielen Dank. Ich esse tatsächlich nicht gerne alleine. Mein Knöchel ist noch geschwollen. Er schillert in allen Farben und es tut höllisch weh. Aber ich hoffe, dass die Schmerzen morgen weniger präsent sind. Ich werde es heute einfach ruhig angehen lassen und die Sonne am Strand genießen." Dimitri lächelte, Roberto sah sie jedoch finster an. "Du kannst da so nicht heruntergehen. Das ist in deinem Zustand viel zu weit, ich werde dich fahren und begleiten. Du hast doch nichts dagegen Onkel?" Hanna gegenüber sprach Roberto bestimmend doch zu seinem Onkel weich und freundlich. Dieser nickte zustimmend. Eine Stunde später waren sie am Strand. Roberto hat Hanna im Auto gefahren und eine Bucht ausgewählt die nur die einheimischen kannten. Er breitete eine Decke aus und half Hanna sich darauf zusetzen. "Danke, erzählst du mir jetzt wieso du mich Harmonia nennst?" Roberto grinste und sah ihr neugierig ins Gesicht: "Wie kommt es, dass du so fließend Griechisch sprichst, wo es doch eine aussterbende Sprache ist, du aber keine Ahnung von den Göttern hast?" Hanna zuckte mit den Schultern und erwiderte: "Meine Oma ist Griechin und spricht zu Hause viel in ihrer Muttersprache." Roberto schien zu überlegen. Nach einer Weile sagte er: "Harmonia ist die Tochter von Ares und Aphrodite. Sie war mit Kadmos, dem Sohn von König Agenor, verheiratet. Zur Vermählung schenkte er ihr eine wunderschöne, schlichte silberne Halskette, mit einem blauen Stein, welche er von Hephaistos schmieden ließ. Leider brachte diese Halskette allen Besitzern großes Unglück. Du hast Ähnlichkeit mit ihr! Außerdem strahlst du das Pech regelrecht aus, weshalb du mich an Sie erinnerst." Ein leichtes Schulterzucken und ein verlegenes Lächeln huschten über sein Gesicht. "Oh ich habe noch nie von Ihr gehört, aber die Sache mit der Kette ist ja grauenvoll, vielleicht sollte ich meine Kette auch lieber entsorgen." Hanna lachte auf und zog eine kleine silberne Kette unter ihrem T-Shirt hervor. In der Mitte prangte ein blauer Stein. Roberto machte große Augen und sprang auf. "Was weist du über deine Familie?"

Das Orakel von Delphi

Liebe und Vertrauen, sind die zwei mächtigsten Bausteine des Lebens. Nichts kann mehr wehtun als ein Verrat.

Der Tod hingegen ist unumstößlich.

Harmonia Kapitel 4

Tanja Schindler

"Was muss ich denn wissen?" Hanna war neugierig. Roberto hielt seine Hände aneinander gepresst und lief am Strand auf und ab. Man sah ihm deutlich an, dass es in ihm arbeitete. "Kann das wirklich sein? Nein das wären einfach zu viele Zufälle oder doch?" Hanna sah ihn stirnrunzelnd an: "Du glaubst jetzt aber nicht im Ernst, dass die Pech bringende Kette von dieser Harmonia ausgerechnet meine ist, oder?" Durch ein leichtes Lüftchen, hatte sich eine Haarsträhne aus Hannas Pferdeschwanz gelöst, die sie nun versuchte zu bändigen. Roberto hielt abrupt in seiner Bewegung inne und kam auf Hanna zu. Noch bevor sie wusste, wie ihr geschah, packte Roberto ihr Handgelenk fest. "Autsch. Du tust mir weh! Und außerdem machst du mir echt Angst. Was ist bloß in dich gefahren?" Hanna sah Roberto entsetzt an. Was hatte sie sich auch gedacht mit einem wildfremden, denn sie grade einmal ein paar Stunden kannte alleine in die abgelegenste Ecke Rhodos zufahren? "Warum bist du wirklich hier, Schlange? Ich hatte gestern recht als ich sagte, du solltest dich besser von mir fernhalten!" Robertos Stimme war ein tiefes Knurren und sein Griff schloss sich immer fester um Hannas Handgelenk. Ihre Finger kribbelten. Sie wollte schreien und sich aus seinem Griff winden, doch Sie konnte es nicht. Als sie ihm in seine Augen sah, leuchtete das Pentagramm bedrohlich auf. Aus seinen Augen sprühten wirklich Funken. Hanna zog den Kopf ein. In diesem Augenblick ließ Roberto ihr Handgelenk los. Hanna wich sofort vor ihm zurück. "Oh meine Götter, Harmonia das wollte ich nicht! Ich schwöre es dir! Ich habe keine Ahnung was da gerade mit mir passiert ist. Ich wollte dich loslassen aber es ging nicht. Es war, als würde ich in meinem Körper feststecken, aber jemand anderes ihn kontrollieren. Los, ich fahre dich zu einem Arzt und dann in die Pension. Ich verspreche dir, ich werde mich von dir fernhalten, wenn du das willst! Es tut mir wirklich leid!" Hanna rannen Tränen über die Wange. Der Schmerz und die Panik hatten von ihr Besitz genommen. Um ihr Handgelenk hatte sich ein Bluterguss gebildet, wo zuvor Robertos Hand gelegen hatte. Sie sah auf, sah den Schmerz, die Verachtung vor sich selbst und Schuldgefühle in seinem Blick. "Ich fasse es nicht, dass ich gestern mit dir geschlafen habe! Sag mir Roberto, wie oft hast du andere schon Verletzt?" Hannas Stimme, bebte vor Schmerz und Verachtung. Roberto sah sie mit großen Augen an. "Hanna, ich schwöre dir, ich weiß nicht was gerade mit mir los war. Ich verletze normalerweise niemanden. Und ich bin mir ganz sicher, dass wir nicht miteinander geschlafen haben! Glaube mir, dass wüsste ich! Du wolltest nicht alleine sein und hast dir die Jeans ausgezogen, um der Schwellung Platz zugeben. Danach hast du dich an mich gekuschelt und bist direkt eingeschlafen. Ich habe die Vorhänge zugemacht und bin in mein Zimmer gegangen! Das Schwöre ich!" Hanna dachte nach und obwohl ihre Erinnerung verschwommen waren, blitzten einige Bilder vor ihrem Auge auf. Roberto hatte recht und es war das erste Mal, dass er sie bei ihrem richtigen Namen nannte. Konnte sie ihm wirklich vertrauen? Sie kannte zu viele Frauen welche versehentlich und unbeabsichtigte Verletzungen durch Partner erlitten hatten. Natürlich gab es auch die umgedrehte Form. Wollte Hanna so ein Leben? Nein! Das käme für sie nicht infrage!

Aufzeichnungen des Hermes

*Wie mir scheint haben Harmonia und Kadmos eine gesegnete Ehe.
4 Töchter und einen Jungen, alle gesund!*

Doch welches Glück ist schon von Dauer?

Harmonia Kapitel 5

Tanja Schindler

"Ach du liebe Zeit, es brennt!" Hanna hatte keine Zeit sich zu sammeln. Roberto rannte bereits auf eine Böschung unweit von ihnen zu und kippte Wasser darüber. Vergeblich. Die Sträucher und Äste waren so trocken, dass sich das Feuer rasend schnell ausbreitete. "Wir müssen hier sofort weg! Sonst sind wir von dem Rest der Insel abgeschnitten!" Roberto zögerte nicht. Er lief zu Hanna, packte sie und warf sie sich über die Schultern. "Spinnst du jetzt völlig? Lass mich sofort runter!" Hanna versuchte sich aus seinem Griff zu befreien der jetzt wieder sanft und zärtlich aber bestimmend war. "Nehme es mir nicht Übel, aber du kannst kaum laufen. Wir müssen hier wirklich weg und Hilfe holen, um die Insel und alle Bewohner zu retten. Tun wir das nicht, wird in wenigen Tagen die komplette Insel brennen! Vermutlich müsste man uns sogar evakuieren, auch dein Urlaub hätte sich dann erledigt, Zuckerpuppe." Hanna war so überrascht von dem letzten Wort, dass sie knallrot anlief und dankbar war, dass er sie nicht sehen konnte. Sie suchte krampfhaft nach einer Erwiderung, doch sie fand keine Antwort. Am Auto holte Roberto ein Funkgerät hervor und sprach hinein. "Lauffeuer! Am östlichen Strand, in der Nähe der Steilküste. Innerhalb weniger Sekunden hat sich ein Feuer in einem Busch entzündet. Ich brauche Unterstützung und einen Arzt." Roberto sah Hanna einen Moment an, dann sagte er zu ihr: "Hier ist der Schlüssel, erzähle meinem Onkel was passiert ist. Und Hanna ... es tut mir wirklich leid." Er legte ihr die Schlüssel in die Hand und betrachtete sie als wäre dies seine letzte Gelegenheit sich jedes Detail von ihr einzuprägen, dann drehte er sich um und lief wieder Richtung Flammen.

"Wie kann ich Ihnen helfen?" Hanna war so tief in Gedanken versunken, dass sie erschrocken zusammenzuckte. Vor ihr stand ein älterer Mann mit grauem Haar, Brille und einer Tasche in der Hand, das musste der Arzt sein. Hanna begann zu grübeln, sollte sie Roberto wirklich verraten? Es schien ihm schließlich wirklich leid Zutun. Auch wenn er sich sonderbar verhalten hatte, wie ein gewalttätiger Mann wirkte er nun wirklich nicht. Verlegen schaute Hanna auf ihr Handgelenk und musste blinzeln. Der Handabdruck war verschwunden und sie konnte Ihre Hand ganz normal bewegen. Wie in aller Welt war das möglich? Um auf den Arzt nicht wie eine Irre zu wirken, hielt sie ihm ihren Knöchel hin und bat ihn, sich diesen einmal anzuschauen. Nachdem er diesen versorgt hatte, fuhr sie zurück zu Dimitri, um ihm von dem Feuer zu erzählen. Dieser bedankte sich bei ihr, drückte ihr einen kleinen bunten Obstteller in die Hand und verschwand. In ihrem Zimmer aß sie etwas von dem frischen Obst und ließ die Ereignisse der letzten Stunden Revue passieren. Dabei fiel Hanna etwas ein, Robertos Augen hatten Funken gesprüht, und zwar wahrhaftig. Trug er die Schuld für das Feuer? Weit war der Busch nicht weg gewesen. Hanna hatte sich dies nicht eingebildet. Von Roberto war ein grün goldenes Leuchten ausgegangen und sein ganzer Körper hatte gezittert. Wieso war es ihr nicht gleich aufgefallen, er hatte sich verändert, und zwar genau in dem Moment als Hanna die Kette hervorgezogen hatte. Und was war mit ihrem Handgelenk, wieso war der Bluterguss plötzlich verschwunden gewesen? Hanna wurde das Gefühl nicht los, dass alles irgendwie miteinander zusammen hing und dem würde sie auf den Grund gehen.

*Deutscher Nachrichtensender
Juli 2023*

"Die Brände auf Rhodos breiten sich rasant aus. Es gibt inzwischen Evakuierungspläne. Hilfeleistungen durch deutsche Feuerwehren sind bereits in Planung!"

Harmonia Kapitel 6

Tanja Schindler

Hanna stand gerade auf dem Balkon ihres kleinen Zimmers und schaute in die Richtung, wo der Rauch aufstieg, als ihre Mutter sie via "FaceTime" anrief. Hanna nahm das Gespräch an und begrüßte neben ihrer Mutter auch ihre Großmutter. Beide redeten aufgeregt und fast zeitgleich auf Hanna ein: "Hallo meine Kleine, bist du gut angekommen, hast du dich von der langen Reise erholt, wie geht es dir? Zeig mal dein Zimmer! Stimmt es das die Sonneninsel brennt?" Hanna musste den Redeschwall beenden: "Stopp!", rief sie daher lachend ins Handy und hob eine Hand ins Bild. "Zu aller erst, ja ich bin gut angekommen. Tut mir leid, dass ich mich nicht schon früher gemeldet habe, aber ich brauchte erst mal eine Mütze schlaf. Es war eine anstrengende Reise. Die Pension ist klein aber niedlich." Bei diesen Worten hielt Hanna ihr Handy so, dass sie ihrer Familie das Zimmer und den Ausblick vom Balkon zeigen konnte. "Dimitri, der Besitzer ist super nett. Er hat einen Neffen, ein bisschen älter als ich, Roberto. Er ist ein wenig komisch aber trotzdem ganz ok. Er ist gerade mit den anderen da draußen und versucht das Feuer zu löschen. Wir haben den Brand vorhin entdeckt als wir gemeinsam am Strand waren." "Ui so schnell hat meine kleine also einen Verehrer gefunden? Sieht er gut aus? Unter diesen Umständen kann ich natürlich nachvollziehen, dass du dich noch nicht gemeldet hast," gab Hannas Mutter lächelnd von sich. Hanna verdrehte spielerisch genervt die Augen:" Mama, ich bin doch nicht wegen der Jungs hier hergekommen! Ich wollte ein bisschen recherchieren, wo ich eigentlich herkomme und diese Insel erkunden." Das Lächeln von Hannas Oma erlosch. "Kindchen, du solltest dir lieber nur die Gegend ansehen! Wie ich dir schon oft erzählt habe, ist unsere Familie nicht gut auf uns zu sprechen. Du musst mir versprechen, dass du niemandem deine wahre Herkunft verrätst, das kann dich in große Gefahr bringen! Sollte Rhodos wirklich evakuiert werden und ihr werdet zurück auf das Festland gebracht, halte dich unbedingt damit zurück. Und Setz bitte immer einen Hut auf, unter dem du deine Haare verstecken kannst und trage deine Sonnenbrille. Heutzutage sind diese riesigen Brillen außerdem sehr modern, du musst es mir versprechen Hanna!" Ihre Oma sah sie durch das Handy durchdringend an. Elara war einer der Gründe gewesen, weshalb Hanna nach Griechenland gereist war. Einige ihrer Geschwister lebten in Thiva, in der Nähe von Athen. Vor ein paar Wochen war Hanna alleine zu Hause gewesen und hatte auf dem Dachboden zufällig eines der Tagebücher ihrer Oma gefunden. Elara sprach nie über Ihre Familie, nur, dass sie einst als junges Mädchen von ihren Eltern aus der Familie verstoßen wurde, weshalb erzählte sie nie. Hanna hatte einen Besuch in Thiva eingeplant, um die Geburtsstätte ihrer Oma kennenzulernen. Was sollte sie ihrer Oma nun sagen, warum verhielt sich Elara so und konnte Hanna wirklich in Gefahr geraten? Hanna, die genau wie ihre Oma mit 24 Jahren aussah, versprach sich bedeckt und unauffällig zu verhalten. "Ich muss jetzt auch Schluss machen, wir haben es inzwischen fast 18 Uhr und es gibt gleich Abendbrot. Ich melde mich zwischendurch mal, ihr wisst ja, dass man auf den Inseln immer schlechten Empfang hat. Hab euch lieb!" Hanna warf noch einen Luftkuss in die Kamera und beendete das Gespräch. Warum nur hatte sie das Gefühl, dass ihr Urlaub in Griechenland alles verändern würde?

*Vielleicht gibt es schönere Zeiten;
aber diese ist die unsere.*

-Jean-Paul Sartre-

Harmonia Kapitel 7

Tanja Schindler

"Guten Morgen" begrüßte Hanna Dimitri und ging auf ihn zu. Dimitri saß an einem der runden Tische und nippte gerade an einer Tasse Tee. Er hatte tiefe Ringe unter den Augen. "Ach guten Morgen kleines, ich habe schlechte Nachrichten, wir werden heute Mittag tatsächlich evakuiert und auf das Festland herübergebracht. In einer Stadt nahe Athens wohnt mein Bruder, er hat dort selber auch eine Pension, dort darfst du gerne deinen Urlaub weiterführen. Ich habe bereits mit ihm gesprochen. Für dich fallen keine weiteren Kosten an und du wirst voll verpflegt werden, wie hier auch. Möchtest du dir jedoch lieber woanders etwas suchen oder dein Urlaub sogar ganz abbrechen ist das natürlich auch in Ordnung. Bei diesen besonderen Umständen könntest du sicherlich auf die Reiserücktrittsversicherung zurückgreifen. Roberto und ich werden auch zu Kostas gehen. Ich habe meine Koffer und meine wertvollsten Besitze bereits zusammengepackt. Wenn du mit uns mitkommen möchtest treffen wir uns um 11 Uhr hier im Foyer. Die letzte

Fähre wird heute um 16 Uhr ablegen. Die anderen Gäste haben bereits alles zusammen gepackt und in großen Teilen die Insel verlassen. Dass ich so etwas auf meine alten Tage noch erleben muss, hätte ich mir auch nicht träumen lassen." traurig senkte Dimitri den Blick. "Oh je, das ist ja schrecklich. Ich hatte mich schon sehr auf die Insel gefreut. Ich bin dir sehr dankbar für deine Hilfe Dimitri und nehme dein Angebot gerne an. Athen wollte ich so oder so auf dem Rückweg noch einen Besuch abstatten. Mir tut das sehr leid, dass du all das hier aufgeben musst. Ich kann mir gar nicht vorstellen, wie es sich anfühlt nach so vielen Lebensjahren, Arbeit und Erinnerungen, alles auf einmal zu verlieren. Ich hoffe, dass das Feuer bald unter Kontrolle ist und es die Pension nicht erreicht! Dadurch das meine Koffer immer noch nicht auf der Insel sind, dauert das Packen bei mir also höchstens 2 Minuten. Wenn ich dir noch bei irgendetwas helfen kann, lass es mich bitte wissen." Hanna legte Dimitri vorsichtig und tröstend eine Hand auf seine Schulter. Dieser lächelte sie dankbar an. "Das ist ganz lieb von dir. Vielleicht kannst du mir dabei helfen alle Rollläden vor den Fenstern zuschließen? Roberto ist schon die halbe Nacht mit ein paar anderen Gästen, die uns zu Kostas begleiten werden, dabei einen kleinen Graben um das Haus zu ziehen. In der Hoffnung, dass das Feuer von dem Sand gestoppt wird. Sie sollten auch gleich fertig sein!" In diesem Moment kamen 10 Männer durch die Tür, sie waren alle verschwitzt und dreckig. Zudem sahen alle sehr müde und durstig aus. Hanna zögerte nicht, ging hinter die Bar und gab jedem der Männer eine große Flasche zu trinken. Dimitri lächelte ihr dankbar zu, während er alle mit essen versorgte und das Buffet auffüllte. Hanna ließ den Blick suchend durch den Raum schweifen, Roberto war nicht unter ihnen. Sie ließ gerade traurig den Kopf hängen, als eine vertraute Stimme in den Raum drang. Roberto kam in diesem Moment mit einem weiteren Mann zur Tür herein und ihre Blicke trafen sich. Hanna lächelte ihn erleichtert an. Roberto wirkte verunsichert, lächelte aber dennoch Kopf nickend zurück. Hanna würde ihm noch ein wenig Verschnaufpause gönnen und später mit ihm über die Vorkommnisse sprechen. Obwohl er ihr am Strand Angst gemacht hatte, fühlte sie sich immer mehr zu ihm hingezogen.

*Wo Liebe wächst,
gedeiht Leben- wo Hass
aufkommt droht Untergang.*

-Mahatma Gandhi-

Harmonia Kapitel 8

Tanja Schindler

Nachdem Hanna Dimitri geholfen hatte, alle Rollläden zu schließen, packte sie ihre Jeans, und das Handyladekabel in ihre Handtasche. Sie schickte ihrer Mama eine kurze Sprachnachricht, damit diese sich keine Sorgen machte. Hanna öffnete eine weitere App. Über die Airtag Ortung konnte sie nachvollziehen, dass sich das Gepäck auf dem Weg zum Athener Flughafen befand. Sobald sie das Festland erreichen würde, könnte Hanna ihr Gepäck abholen. "Bist du soweit?" Roberto stand in der offenen Zimmertür. Hanna sah sich ein letztes Mal in dem Zimmer um, schaltete das Licht aus und ging nickend auf Roberto zu. Mit jedem Schritt, den Sie auf ihn zukam, schien er einen zurück zu gehen. Hanna sah ihn fragend an. Unbehaglich kratzte er sich am Hinterkopf: "Hör zu, seit dieser Sache gestern hatten wir noch keine Gelegenheit miteinander zu sprechen. Ich weiß nicht, was in mich gefahren ist und ich bin mir nicht mal sicher, ob du mir verziehen hast? Es war alles ein bisschen viel und um ehrlich zu sein hatte ich bisher auch noch keinen Kopf, um darüber nachzudenken, was da eigentlich passiert ist." Hanna unterbrach ihn: "Ich hatte jede Menge Zeit und glaub mir, es macht keinen Sinn, ich habe dich erlebt, du bist ein guter Mensch. Du hast den ganzen Tag versucht das Feuer zu löschen, einen Graben um die Pension geschaufelt, um das Haus vor dem Feuer zu bewahren, du hast mir dein Auto anvertraut und einen Arzt gerufen, der sich meine Wunden anschauen sollte, die dann auf einmal alle verschwunden waren ..." Roberto sah Hanna fragend an und nun war er es, der sie unterbrach: "Wie sie waren weg, du trägst doch noch eine Bandage?" Sein Blick glitt zu ihrem Handgelenk und er stockte. "Ich verstehe es selber nicht, aber komm wir haben noch die ganze Bootsfahrt Zeit uns darüber ein Kopf zu machen, jetzt sollten wir erst einmal zusehen, dass wir hier schleunigst wegkommen." Hanna ging an Roberto vorbei in Richtung Eingangshalle. Roberto folgte ihr ohne ein weiteres Wort.

Für die Evakuierung stand ein Kreuzfahrtschiff bereit. Hanna hoffte, dass sie dieses Mal eine Kabine haben würde, in der sie gegebenenfalls auch schlafen könnte, anders als auf der Hinfahrt. Ein Mitarbeiter des Schiffes verstaute das Gepäck der Leute und zwei weitere teilten jedem Passagier eine Kabine zu. Roberto und Hanna waren die nächsten, die das Schiff betraten. "Hallo, herzlich willkommen. Wir bedauern ihren Verlust sehr und hoffen, dass schnell wieder alles ins Lot kommt. Für sie zwei haben wir die Kabine 1039. Sie hat Meerblick und einen kleinen Balkon. Mein Kollege Jasper wird gleich zu uns stoßen und Ihnen den Weg zeigen. Sollten Sie noch etwas benötigen wie Hygieneartikel oder ähnliches, geben Sie Jasper gerne Bescheid. Er wird sich um alles kümmern!" Hanna sah verstohlen zu Roberto und wurde knallrot als sich ihre Blicke trafen. Roberto schluckte schwer, oh ja sie würden scheinbar jede Menge Zeit haben miteinander zu reden. "Guten Tag, mein Name ist Jasper. Ich werde Sie in Ihre Kabine bringen. Bitte folgen Sie mir." Ein hagerer Mann, mitte 30. führte die beiden quer durch das Schiff. Sie überwanden einige Treppenstufen, Gänge und fuhren mit einem Fahrstuhl, bis Jasper vor einer Tür mit der Nummer 1039 anhielt und ihnen eine Schlüsselkarte überreichte.

Wir können den Wind nicht ändern, aber die Segel anders setzen

-Aristoteles-

Harmonia Kapitel 9

Tanja Schindler

Nach dem sich Jasper versichert hatte, dass Hanna und Roberto alles hatten, was sie benötigten, war er gegangen. Nun standen beide ein wenig unbeholfen in der kleinen Kabine. Roberto räusperte sich: "Auf welcher Seite möchtest du gerne schlafen?" "Wenn es dir nichts ausmacht, würde ich die linke Seite nehmen, ich schlafe gerne am Fenster." Hanna sah ihn nicht an. "Ja kein Problem, dann nehme ich die rechte Seite. Ich bin ziemlich erledigt, macht es dir etwas aus, wenn ich mich direkt hinlege?" fragte Robert. Hanna konnte es gut nachvollziehen, auch sie war völlig erschöpft. Doch im Gegensatz zu ihm hatte sie in der letzten Nacht wenigstens ein wenig Schlaf abbekommen, trotz der vielen Fragen die Hanna beschäftigten. Außerdem hatte sie viel an Roberto gedacht. Auch das Warten am Bootsanleger bei 46 Grad war nicht gerade angenehm. Überall waren Männer, Frauen und Kinder. Jeder hatte Tücher und Masken vor Nase und Mund um keinen Rauch oder Partikel einzuatmen, die durch das Feuer verursacht wurden. Obwohl viel los war und jeder an Deck wollte, verlief alles erstaunlicherweise sehr ruhig und koordiniert ab. Es hatte auch keine Drängeleien gegeben." Nein, mach nur. Ich kann es sehr gut verstehen. Auch ich bin ziemlich erledigt. Auf dem Schiff werde ich mich so oder so verlaufen. Das ist ja eine einzige Stadt!" antwortete Hanna. Roberto fing an zu lachen. "Wieso nur glaube ich dir das sogar, Harmonia? Da war er wieder. Der eigens für sie bestimmte Name. Hanna lächelte verschmitzt. "Kommst du denn auch und rettest mich? Oder lässt du mich für immer hier an Bord?" fragte sie ihn spielerisch neckend. "Probiere es doch aus", erwiderte er herausfordernd. "Vielleicht tue ich das auch. Aber erst einmal brauche ich etwas Schlaf. Hat diese Kajüte eigentlich eine Klimaanlage? Es ist ja viel zu heiß hier drinnen." Suchend sah sich Hanna um. In diesem Moment zog Roberto sich sein T-Shirt über den Kopf. Er stand mit dem Rücken zu ihr. Unter dem Stoff kam seine muskulöse Haut zum Vorschein. Und verdammt, er hatte mehr Muskelmasse als man es je hätte erahnen können. Es war genau die richtige Menge. Nicht zufiel, dass es protzig wirkte und seine körperlichen Proportionen verformte aber auch nicht zu wenig. Hanna wurde heiß. In diesem Augenblick drehte sich Roberto zu ihr um. Sie sah deutlich seine Brustmuskulatur und ja auch hier wurde man nicht enttäuscht. Auf der linken Brust hatte er ein Tattoo. Es war ein Drache aus feinen Linien. "Die Klimaanlage ist hier. Auf wie viel soll ich sie stellen?" fragte er gerade. Doch Hanna war von seinem Anblick gefesselt. Mit aller Mühe riss sie sich von ihm los. "Auf wie viel steht sie jetzt?", fragte sie mit brüchiger Stimme. Reiß dich mal ein bisschen zusammen, tadelte sie sich selbst. "20 Grad" gab er ihr zur Antwort. "Oh ja, dass reicht. Vielleicht braucht sie ein bisschen länger." "Ich kann auch die Stufe erhöhen?" "Nein, nein. Lieber nicht. Ich kann bei Geräuschen nicht gut schlafen." Antwortete Hanna. Außerdem ist es wahrscheinlich nur dein Anblick, der alles erhitzt, dachte sie sich. Himmel was war bloß los mit ihr? Roberto nickte und löste das Band seiner Badeshorts. "Ähm, was wird das? Du willst jetzt aber nicht nackt schlafen, oder?" fragte sie, bevor sie sich stoppen konnte. "Ich dachte dir gefällt der Anblick und du möchtest gerne noch mehr sehen?" er grinste frech.

*Was wäre das Leben,
hätten wir nicht den Mut
etwas zu riskieren?*

-Vincent van Gogh-

Harmonia Kapitel 10

Tanja Schindler

Langsam, und ohne den Blick von ihr zu nehmen, zog er die Shorts nach unten. Hanna schluckte. Als seine Boxershorts zum Vorschein kam, atmete sie erleichtert aus. Roberto gluckste und fragte mit verführerisch rauer Stimme: "Jetzt bist du dran. Hast du nicht eben noch gesagt dir wäre warm?" Hanna lief knallrot an. "Ich ... ähm ... also", stammelte sie. "Keine Sorge die Unterwäsche darfst du auch anbehalten. Fürs Erste." fügte er schelmisch zwinkernd hinzu. Sie fing den herausfordernden Blick von Roberto auf. Wieso eigentlich nicht. Im Zimmer herrschten gefühlte 35 Grad und außerdem sahen sie andere Jungs im Schwimmbad auch im Badeanzug oder Bikini. "Na schön, aber nur wenn du deine Boxer anbehältst!" gab sie ebenfalls herausfordernd zurück. Bevor er etwas erwidern konnte, zog sie sich ihre Shorts und das T-Shirt aus. Und ging mit ihrem Handy zum Bett. Sie spürte seinen Blick auf sich ruhen. Roberto schluckte und betrachtete sie von Kopf bis Fuß. Sein Blick brannte sich in ihre Haut. "Kommst du jetzt schlafen oder willst du mich weiter anstarren?" Sie drehte sich bewusst zu ihm um, und legte sich auf ihre Hälfte des Bettes. Roberto lachte heißer auf. "Ich wusste es vom ersten Augenblick als ich dich gesehen habe, du wirst mich noch ins Grab bringen." Auch er ging zum Bett und legte sich auf seine Hälfte. Beide warfen sich ihre Bettdecken locker über und Roberto ließ die elektrischen Rollos vor den Fenstern herunter. "Ist es ok, wenn ich sie ganz schließe?", fragte er in die Stille. "Ja bitte." Hanna wurde nervös, so im Dunkeln direkt neben ihm und zu dem halb nackt. Auf der anderen Seite hatte sie doch schon einmal mit dem Kopf auf ihm geschlafen. Allerdings hatte es an den Medikamenten im Trinken gelegen. Sie war wie benebelt gewesen. Roberto schien ihre Unruhe zu spüren, denn er fragte: "Ist alles ok? Ich ziehe mir sonst auch wieder mehr an oder schlafe auf dem Boden, wenn du dich damit wohler fühlst." Hanna schluckte und sagte schnell: "Nein, nein. Es ist alles in Ordnung. Es ist nur ziemlich ungewohnt für mich mit jemandem in einem Bett zu liegen." "Hast du keinen Freund?" Oh verdammt. Das Gespräch würde außer Kontrolle geraten. "Ich habe durchaus schon mal Jungs geküsst, und hatte auch schon 2 Beziehungen. Allerdings hielten diese nie sehr lange. Aber nein aktuell habe ich keinen Freund. Und du? Hast du jemanden?" Sie spannte sich unwillkürlich an. "Es gibt da ein Mädchen, dass ich sehr mag, aber es ist verdammt kompliziert." Roberto seufzte. "Warum?", fragte Hanna. "Es gibt da Dinge, über die ich mit niemandem außerhalb der Familie sprechen darf. Und Geheimnisse machen einfach alles kaputt. Irgendwann bekommt sie vielleicht etwas raus und wird sauer auf mich sein, weil sie glaubt, dass ich ihr nicht genug Vertraue, um es ihr zu erzählen." Roberto klang angespannt. "Das ist schlimm. Und wenn du ihr sagst das es etwas gibt, was du ihr nicht erzählen darfst?" "Das weiß sie schon. Aber ich bin mir nicht sicher, ob sie es so hinnehmen wird. Sie kann sehr temperamentvoll sein." Roberto lächelte im Dunkeln. Hanna drehte sich zu ihm. Er hatte die Arme hinter seinem Kopf verschränkt. "Du magst sie wirklich sehr, oder?" "Ja aber ich weiß nicht, ob sie mich mag." Hanna rutschte näher an ihn heran und legte sich wie an ihrem Ankunftstag mit dem Kopf auf seine Brust "Wer dich nicht mag ist schon ziemlich blöd!" Dann schlief sie ein.

Das Orakel von Delphi

*Der Drache wird sterben, und die Schlange überleben.
Doch es wird die Zeit kommen in der sich Drache und Schlange vereinen und eine neue Welt wird entstehen.*

Harmonia Kapitel 11

Tanja Schindler

Im Hafen von Athen gingen sie zum vereinbarten Treffpunkt. Dimitri stand neben einer Person, die ihm sehr ähnlich sah. "Ist das Kostas? Und ist er dein Vater?" frage Hanna Roberto leise. Dieser lächelte "Nein. Dimitri ist der Bruder meiner Mutter gewesen. Mein Vater und sie sind bei einem Unfall ums Leben gekommen. Kostas ist der älteste. Beide Männer hatten nie das Glück einer Ehe. Die Geheimnisse unserer Familie haben immer alles kaputt gemacht." er brach ab. "Roberto, mein Junge! Gut siehst du aus! Du siehst deiner Mutter immer ähnlicher und wer ist diese hübsche junge Dame?" "Onkel Kostas" die beiden Männer umarmten sich. Es war deutlich zusehen, dass sie ein gutes Verhältnis miteinander pflegten. Roberto ließ von Kostas ab breitete die Arme aus und zeigte auf Hanna. "Darf ich dir Hanna vorstellen?" Sie ging auf Kostas zu und schüttelte ihm die Hand. "Kostas, das ist Hanna. Wir haben bereits über sie gesprochen." Dimitri lächelte. "Sehr erfreut. Na dann lasst uns mal fahren. Ihr werdet sicher Hunger haben. Die anderen Gäste werden von meinen Angestellten mit einem Busshuttle abgeholt." Sie folgten Kostas zu seinem Auto, verstauten das Gepäck und stiegen ein. "Wir müssen vorher allerdings noch Hannas Gepäck vom Flughafen abholen!" Sagte Dimitri, der vorne bei seinem Bruder saß. Kostas nickte und sie fuhren los.

Einen direkten Blick auf das Meer hatte man in dieser Pension zwar nicht, dafür aber auf die Stadt. Das ganze Haus hätte einer Geheimloge dienen können. Hannas Zimmer war sehr antik eingerichtet und sie fühlte sich sofort wohl. Sie schrieb ihrer Familie eine kurze Nachricht als es an der Tür klopfte. "Herein?" Roberto steckte den Kopf durch die Tür: "Wenn du noch irgendetwas brauchst, mein Zimmer ist direkt neben an!" "Danke das ist lieb. Wie alt ist dieses Haus? Es ist der Wahnsinn!" "Das Haus ist inzwischen viele Jahrhunderte alt und eines der ältesten Häuser hier in Thiva. Ich freue mich, dass es dir gefällt. Dein Zimmer gehörte meinen Eltern." ein trauriges Lächeln glitt über sein Gesicht. "Die Pension gehörte rechtmäßig meiner Mutter. Und bald wird sie mir gehören. Doch ich bin Kostas dankbar, dass ich vorher meine eigenen Erfahrungen sammeln darf. Für Gäste ist nur ein Teil dieses Hauses zugänglich."

"Der andere Teil hat mit den Geheimnissen zu tun?" Roberto nickte knapp. "Danke das du mir das Erzählt hast. Ich werde es niemandem Verraten. Wenn meine Oma wüsste, dass ich hier in Thiva bin, würde sie ausrasten. Ich weiß nicht sehr viel, nur, dass sie von Ihrer Familie verstoßen wurde und dass ich aussehe wie sie früher. Sie denkt, alte Familienmitglieder könnten mich wieder erkennen, weshalb sie will, dass ich mein Aussehen verändere. Ich musste ihr sogar versprechen nicht hierherzukommen. Jetzt fühle ich mich schuldig, da ich doch hier bin." Roberto kam auf sie zu und griff nach ihren Händen. "Du wusstest ja nicht, dass wir hier herfahren würden. Also hast du auch nicht gelogen." Er lächelte sie an. Sie lächelte zurück. "Da hast du recht! Aber ich mache mir wirklich etwas Sorgen. Was ist, wenn sie recht hat und mir wirklich jemand etwas antun, will. Ich weiß nicht einmal was damals überhaupt vorgefallen ist. Sie redet nie über ihre Herkunft." "Es wird dir niemand etwas tun, solange ich bei dir bin, versprochen!" In seinen Augen leuchtete das Pentagramm wieder auf. Sie waren sich so nah, dass sich ihre Lippen fast berührten. "Komm, ich zeige dir die Stadt!"

Das Orakel von Delphi

Licht und Schatten werden sich vereinen und Tod und Unheil werden ihnen folgen! Am Ende wird nur einer Überleben

Harmonia Kapitel 12

Tanja Schindler

"Roberto, wie schön dich wieder zusehen. Eis wie immer?" "Pedro, ich freue mich auch. Ja bitte aber heute zweimal!" "Oh diese hübsche gehört also zu dir? Wie wunderbar. Wie lange seid ihr schon zusammen? Dein Onkel hat gar nicht erzählt, dass du vergeben bis. Meine Ionna wird sehr traurig sein." Roberto lachte. "Pedro, ich liebe Ionna! Aber rein freundschaftlich, so war es schon immer. Und ich bin mir sicher, dass es auch umgedreht so ist." Pedro reichte Roberto das Eis und sagte: "Lass stecken mein Junge. Es ist so lange her das du gutes Eis gegessen hast!" Er zwinkerte ihm zu und sie verabschiedeten sich. "So Ionna ist also die Glückliche, die dich eines Tages bekommen wird?" stichelte Hanna während sie das Eis aßen. Es war wirklich lecker. "Was? Nein, wie kommst du darauf?" Roberto sah sie entsetzt an. Hanna brach in Lachen aus und rempelte ihm im Gehen spielerisch mit der Schulter an. "Ich mache doch nur Witze! Aber jetzt mal im Ernst, wann wirst du mir das Mädel, das dein Herz erobert hat, endlich mal vorstellen? Ich bin wirklich neugierig, wie sie so ist." Hanna lächelte ihn ehrlich an, als beide vor einem Laden stehen blieben. Roberto zeigte auf die Scheibe. "Da ist sie!" Hanna lachte "Du hast vielleicht nerven. In der Scheibe sieht man nichts außer unserer Spiegelungen. Der Laden ist dicht." Sie drehte sich zu ihm um und sah ihn an. Dann ging es ihr auf. Sie riss die Augen auf und sah ihn überrascht an. Roberto blieb ganz ruhig stehen und beobachtete jede Ihrer Gefühlsregungen, die deutlich sichtbar über ihr Gesicht liefen. Unsicherheit, Hoffnung, Verwunderung, Freude. Sie beugte sich langsam zu ihm vor und griff nach seiner freien Hand. Kurz wartete sie seine Reaktion ab, doch als sie spürte, dass er es zuließ, stellte sie sich auf die Zehenspitzen und sie küssten sich.

Zurück in der Pension, verabschiedete sich Roberto von Hanna und versprach, bald wieder da zu sein. Er wollte für Dimitri noch eine Kleinigkeit erledigen. Hanna betrat alleine das Haus. Sie wollte grade die Treppe zu Ihrem Zimmer hinauf gehen als wütende Stimmen an ihr Ohr drangen. Es dauerte ein Augenblick bis sie die Stimmen von Dimitri und Kostas erkannte. "Wir können nicht zulassen, dass dieses Mädchen hier wohnen bleibt!" "Wir müssen

Verhindern, das die Bindung entsteht!" "Dimitri, wie blind bist du eigentlich? Die Bindung zwischen Ihnen ist bereits geschehen! Wie konntest du übersehen, dass sie eine Tochter der Schlange ist?" "Wir wissen doch gar nicht, ob Sie der Schlange angehört! Nur weil sie die Halskette trägt, hat es noch lange nichts zusagen. Wir haben die Schlange schon vor langer Zeit aus den Augen verloren!" "Das stimmt. Aber siehst du diese Ähnlichkeit nicht? Sie ist Elara wie aus dem Gesicht geschnitten!" "Ich weiß, dass sie aussieht wie Elara. Roberto hat es auf dem Schiff an ihrem Ankunftstag total aus der Bahn geworfen. Er erzählte es mir und unmittelbar nach dem er geendet hatte, stand sie bei mir in der Tür. Nach all den Jahren konnte ich nicht zulassen, dass wir die einzige Spur wieder verlieren. Also setzte ich Roberto auf sie an. Sie sind im selben Alter. Besser können wir nicht an Informationen kommen. Und im Zweifelsfall können wir so Elara aus der Reserve locken. Wir müssen Sie für uns gewinnen." "Bei allen Göttern, Dimitri! Willst du das echt durchziehen? Was ist, wenn er sich wirklich in sie verliebt? Wir haben geschworen die Unseren zu beschützen." "Und das werden wir auch! Roberto ist mit Hanna in der Stadt."

Wer seinem Stern folgt, kehre nicht um

-Leonardo da Vinci-

Harmonia Kapitel 13

Tanja Schindler

"Hanna, wie gefällt dir unsere Stadt?" Kostas sah Hanna direkt an. Sie saßen zusammen beim Abendessen. Dimitri und Kostas waren wieder so freundlich wie zu vor. Hanna versuchte sich nicht anmerken zulassen, dass sie ihr Gespräch vor etwa einer Stunde mit angehört hatte. Es war dort eindeutig um sie gegangen. Empfand Roberto wirklich etwas für sie? Hatte sie die Signale nur falsch gedeutet? Spielte er doch nur mit ihr? Und was wussten Kostas und Dimitri, was sie nicht wusste? Woher kannten sie Ihr Oma? Der Fragenkatalog wurde immer größer. Roberto legte unter dem Tisch eine Hand auf ihr Bein. Sie musste antworten. Alle drei Männer sahen sie abwartend an. "Es ist eine sehr schöne Stadt!" gab Hanna freundlich zurück. Sie griff nach ihrem Glas und trank einen Schluck. Roberto tätschelte ihr aufmunternd das Bein. "Ist alles in Ordnung Hanna? Du wirkst so nervös?" fragte Dimitri fürsorglich nach. Noch bevor Hanna etwas sagen konnte räusperte sich Roberto. "Nun, ich fürchte, das ist meine Schuld. Flippt jetzt bitte nicht aus, mir ist durchaus bewusst, dass Hanna nur ihren Urlaub hier verbringt, aber nun ja ... wir mögen uns und ich denke, es wird für sie gerade genauso eine heikle und unangenehme Situation sein wie für mich. Wir haben uns vorhin geküsst und haben noch nicht darüber gesprochen, ob es was Ernstes ist oder nur ein Sommerflirt." Roberto sagte es so entspannt und gelassen das Hanna das trinken fast vor Schreck quer über den Tisch gespuckt hätte. Auch Robertos Onkels zogen die Augenbrauen hoch. "Oh" Dimitri räusperte sich, "nun, dann freuen wir uns natürlich für euch und hoffen ihr verbringt eine schöne Zeit hier." Hanna hatte das Gefühl, das Dimitri alles andere als begeistert darüber war. "Ach Mensch, Roberto warum sagst du das denn nicht gleich? Dann hätten wir euch doch in Ruhe alleine essen lassen. Wir waren ja schließlich auch mal jung und wissen wie es sich anfühlt verliebt zu sein." Kostas schenkte ihnen beiden ein Lächeln das seine Augen nicht erreichte. Tatsächlich wirkte es eher wie eine Grimasse. "Auf Hanna und Roberto!" Kostas prostete ihnen zu.

"Tut mir leid, wenn das Essen ein wenig merkwürdig war." Roberto kratzte sich verlegen am Hinterkopf. "Wir hätten da vielleicht erst einmal drüber sprechen sollen." "Schon gut. Jetzt ist es raus." Hanna täuschte ein Lächeln vor und beide gingen Hand in Hand nach oben. "Willst du mein Zimmer sehen?" "Gern!" Hanna meinte es ehrlich. Sie war neugierig auf sein Zimmer. Es war klein und ähnlich antik wie das seiner Eltern eingerichtet. An der Wand hing eine Gitarre. "Oh du spielst?", fragte sie. Er lächelte verlegen und nickte. Auf einem Regal hatte er ein paar Bilder stehen. "Sind das deine Eltern?" "Ja." seine Stimme klang heiser. Hanna musste Kostas zustimmen. Roberto sah seiner Mutter sehr ähnlich. Einige Züge und die Figur hatte er jedoch von seinem Vater. "Du hast ein schönes Zimmer." Roberto stand unbeholfen mit den Händen in den Hosentaschen da und beobachtete Hanna. "Weißt du, ich mag dich wirklich! Und ich würde dir gerne so viel erzählen, aber ich darf es nicht. Ich kann es nicht!" Er ließ den Kopf hängen. Hanna ging auf ihn zu. Küsste ihn und zog ihn mit sich zum Bett. Sie würden es langsam angehen lassen. Und es war ihr egal was seine Onkels für ein Problem hatten. Hanna mochte Roberto wirklich und wollte mit ihm zusammen sein, solange es ging.

*Ich weiß nicht, ob mein Leben
nutzlos und bloß ein
Missverständnis war
oder ob es einen Sinn hat.*

-Hermann Hesse-

Harmonia Kapitel 14

Tanja Schindler

Lichtstrahlen fielen in das Zimmer und weckten Hanna. Bilder der letzten Nacht kamen ihr in den Kopf und ließen sie erröten. Roberto war zärtlich und liebevoll gewesen. An der Tür entdeckte sie einen Zettel und ging hin. "Guten Morgen meine Süße! Leider habe ich heute Vormittag noch ein bisschen was zu tun, aber ich bin bald wieder zurück. Fühl dich in meiner Wohnung ganz wie zu Hause." Hanna lächelte. Sie war neugierig auf die anderen Räume. Also ging sie auf Erkundung. Sie warf ein Blick in die Küche. Diese war groß und geräumig. Dann ging sie weiter ins Badezimmer. Nachdem sie sich frisch gemacht hatte, schaute sie ins Wohnzimmer. Auch hier waren Bilder von Roberto und seinen Eltern. Als Wohnzimmertisch diente eine alte Truhe. Hanna war neugierig und warf ein Blick hinein. Alte Fotoalben und Tagebücher lagen darin. Hanna nahm eines heraus und blätterte die Seiten durch. Das Buch war in einer filigranen und verschnörkelten Schrift geschrieben. Beim Durchblättern stoppte Hanna plötzlich. Auf einer der Seiten lag ein Bild. Das

Foto war in schwarz-weis geschossen. Doch es war ganz unverkennbar ihr Gesicht auf dem Bild. Und hinter ihr stand eine fast perfekte Kopie von Roberto. Hanna schluckte. Das auf dem Bild musste sein Opa sein. Und die junge Frau war nicht sie, sondern ihre Oma. Hanna las den Bucheintrag. "27. August 1987: Elara und ich waren heute in der Stadt. Ich war mit ihr bei einem jungen Italiener, der gerade erst mit seinen Eltern hergezogen ist, Eis essen. Pedro ist sehr lieb und macht wirklich das beste Eis. Ich hasse es, Elara vorspielen zu müssen, dass ich sie liebe, doch meine Aufgabe ist es herauszufinden, was sie weiß. Sie ist in Besitz der Halskette, welche einst der griechischen Göttin Harmonia gehörte. Sie scheint viel zu wissen, doch spricht nicht darüber. Ich werde in den nächsten Tagen härtere Geschütze auffahren müssen. Ich hoffe, dass ich die Legende und die Prophezeiung des Orakels aufhalten kann. Ich wünsche mir für meine Kinder eines Tages ein Leben außerhalb der Loge und ohne Angst und Schrecken. Ich weiß leider nicht sehr viel, da mein Vater mich nur mit Brotkrumen füttert, aber ich habe vor dies heraus zu finden." Hanna gefror das Blut. Wurde Roberto auf Hanna angesetzt? War das alles wirklich geplant? Aber wenn es so war, hätte Roberto die

Bücher nicht besser versteckt? Wollte er das sie diese findet? Oder hatte er nicht damit gerechnet, dass sie die Wohnung wirklich betreten würde? Ein Schauer ging über ihre Haut. Sie blätterte ein paar Seiten weiter " 30. November 1987: Ich bin verzweifelt. Ich bin kein bisschen weitergekommen. Die Loge sitzt mir im Nacken. Sie überwachen mich auf Schritt und Tritt. Heute hat mir Elara eröffnet sie sei schwanger! Wenn das rauskommt, bricht die Hölle los. Nach einer alten Prophezeiung des Orakel von Delphi sollen sich Drache und Schlange erneut verbinden und die Welt ins Chaos stürzen. Harmonia wird der Legende nach mit einer Schlange in Verbindung gebracht. Ihr Mann Kadmos mit einem Drachen. Sie hatten 4 Töchter und einen Sohn. Der Orden glaubt das Gen der Schlange entfaltet sich in der weiblichen und die des Drachen in der männlichen Blutlinie. Sollte es zu einer erneuten Kreuzung beider Blutlinien, kommen würde die Welt im Chaos versinken. Elara und unser Kind schweben in großer Gefahr. Um die Welt zu schützen, bleibt mir keine andere Wahl als zu gehen. Ich wünschte, ich könnte das Kind einmal im Arm halten."

"Alles, was du dir vorstellen kannst, ist real"

-Pablo Picasso-

Harmonia Kapitel 15

Tanja Schindler

Hanna wurde blass. Auf einmal ergab alles Sinn. Die Panik ihrer Oma, als Hanna verkündet hatte, sie wolle nach Griechenland. Ihre Mutter, die ohne Vater aufgewachsen war, da er angeblich verstorben war. Wusste Ihre Oma, dass er sich selbst umgebracht hatte, um Sie und ihre Mutter zu retten? Robertos Onkels, die so kryptisch gesprochen hatten? Roberto selber der sich so unterschiedlich in ihrer Nähe verhielt. Und zu guter Letzt Hanna selber. Es war ihr noch immer ein Rätsel wie der Bluterguss so schnell verschwinden konnte. Hanna legte das Buch zurück, schloss die Truhe und ging zurück in Ihr Zimmer. Was nun? Hatten sie und Roberto den Fluch den ihr Großvater beschrieben hatte ausgelöst? Und wie war sie jetzt mit Roberto Verwand? War seine Mutter, die Schwester ihrer Mutter? Sie musste mit ihm reden!

Hanna war ununterbrochen im Zimmer auf und abgegangen und hatte nicht bemerkt, dass Roberto schon eine Weile in der Tür stand. Nun räusperte er sich "Du weißt es." stellte er tonlos fest. "Wann hattest du vor es mir zusagen?" fuhr Hanna ihn an. "Ach warte, gar nicht! Ich vergaß, es sind ja die Geheimnisse Deiner Familie!" Sie warf ihm die Worte fauchend entgegen. Roberto hob beschwichtigend die Hände. "Hanna, bitte lass uns da in Ruhe drüber reden und sei leiser, dass dich meine Onkels nicht hören." "In Ruhe? Leiser? Ich habe Fragen! Viele Fragen auf die ich keine Antworten weiß!" gab Hanna fauchend und schreiend zurück. "Ich verspreche dir, ich werde sie dir beantworten aber es ist wichtig, dass du dich beruhigst. Wenn du die Theorie meiner Familie bestätigst, die Tochter ihres Onkels zu sein, bringst du dich in Lebensgefahr! Ich kann und will dich nicht verlieren! Nicht so wie Zino einst deine Oma Elara." Roberto trat auf Hanna zu und griff nach ihrer Hand. "Wenn du dich nicht beruhigst, schlägt deine Schlange alles kurz und klein. Und wenn sich mein Drache bedroht fühlt, werden wir das alles nicht mehr länger für uns behalten können. Bisher konnte ich die Mitglieder meiner Familie noch davon überzeugen, dass du nichts weißt." "Warte mal, Zion heißt mein Opa und er ist der Onkel von deinen Onkels? Und ich soll wirklich eine Schlange in mir und du einen Drachen in dir tragen?"

Roberto nickte bei jeder Frage. "Sag mal, weist du eigentlich wie bescheuert das alles klingt?" Wieder nickte er. "Vertraust du mir?" dieses Mal war es Hanna, die nickte. Roberto zog sie vor den Kleiderspiegel und stellte sich hinter sie. "Schau dir deine Augen an", sagte Roberto ruhig. Während sie hinter sich erneut diese Schwingungen von Roberto spürte, sah sie durch den Spiegel erst in seine Augen und erkannte das grün leuchtende Pentagramm und dann in ihre. "Heilige ..." der Rest blieb ihr im Hals stecken. Ihre Augen waren ebenfalls grün mit schmalen gelben schlitzen durchzogen. Wie bei einer echten Schlange. Hanna vergaß zu atmen. "Mach das, es wieder aufhört!" brachte sie tonlos raus. Danach wurde alles um sie herum schwarz.

Als sie wieder zu sich kam, lag sie im Bett. Roberto lag unter ihrem Kopf und streichelte sanft ihr Haar. "Bin ich wieder ich? Bitte sag mir das, dass alles nur ein böser Traum war!" flehend sah sie zu Roberto auf. Dieser schüttelte den Kopf. "Es war kein Traum! Und deine Schlange kommt nur zum Vorschein, wenn du dich bedroht, oder gefährdet fühlst. Oder aber wenn du extrem wütend bis!" fügte er sanft lächelnd hinzu.

Es ist nicht den Berg, den wir bezwingen - wir bezwingen uns selbst.

-Edmund Hillary-

Harmonia Kapitel 16

Tanja Schindler

"Ich trage also wirklich eine gottverdammte Schlange in mir?" "Göttin", korrigierte Roberto sie. "Was?" Hanna sah ihn irritiert an. "Die Schlange gehörte einer Göttin und ein Teil von Ihr lebt in dir weiter." Roberto zuckte leicht mit den Achseln. "Ich verstehe es immer noch nicht" "Kadmos war ein Königssohn. Er wollte seine eigene Stadt bauen also befragte er das Orakel von Delphi, welches ihm den Weg wies. Den Aufzeichnungen zufolge sollte er einer ganz bestimmten Kuh folgen. Erst wenn diese sich niederlegen und rasten würde, hätte er sein Bauland gefunden. Als Dank wollte er die Kuh der Göttin Athene opfern und schickte seine Männer raus, welche die Kuh zur Quelle in den Wald bringen sollten. Dort wohnte jedoch ein Drache, der dem griechischen Gott Ares gehörte. Nach dem Kadmos ihn erfolgreich besiegt hatte, musste er Ares zur Strafe 8 Jahre dienen. Athene zeigte Kadmos, wie er aus der Hälfte der Drachenzähne, 5 starke Männer gewinnen konnte. Zeus übergab ihm Harmonia, welche die Tochter von Ares und Aphrodite war. Man bringt sie mit einer Schlange in Verbindung. Zusammen errichteten und regierten sie über Theben." Roberto endete, um sich zu vergewissern, dass Hanna bis hierher alles verstanden hatte. "Aber wenn sie die Schlange war und ich sie jetzt habe, müsste ich ja dann nach Ägypten reisen, um mehr über meine Ahnen zu erfahren?", fragte Hanna. "Nein du bist hier schon richtig. Theben wurde vor vielen Jahrhunderten zerstört. Zurück geblieben sind einige Staturen, um genau zu sein 7. Die Stadt wurde schon vor Jahrhunderten als die Stadt der 7 Tore bezeichnet. Das damalige griechische Theben ist heute bekannt als Thiva." Roberto endete. Hanna brauchte einen Augenblick um das gehörte zu verarbeiten. "Das heißt, ich bin eigentlich in Theben? Und was hat es mit den Staturen auf sich?" "Richtig. Aus diesem Grund gibt es die Loge. Laut den Aufzeichnungen und Überlieferungen, bilden die 7 Staturen Harmonia, Kadmos und seine 5 Krieger aus den Drachenzähnen nach. Jeder Statur ging im Laufe der Jahre ein Gegenstand verloren. Bei den Kriegern waren es je ein Schwert, Messer, Köcher, Pfeil und Bogen. Bei Kadmos war es ein silbernes Armband in Form eines Drachen. Der letzte und fehlende Gegenstand der über Jahrhunderte von Generation zu Generation weitergegeben wurde, ist die Kette von Harmonia." er deutete auf ihren Hals. "Was passiert, wenn die Kette zurück ist? Werden Besucher nicht versuchen die Kette an sich zu nehmen?" Hanna geriet in Panik. "Nein, es handelt sich um eine uralte Magie. Der Legende nach wird auch die Kette zu Stein. Fällt der letzte Sonnenstrahl des Tages darauf, öffnet sich ein Portal welches nur für die Träger des Drachen und der Schlange sichtbar wird." "Wohin führt es? Ist es gefährlich für normale Menschen" Das letzte setzte Hanna in Anführungszeichen. "Es soll eine direkte Verbindung zu Harmonia und Kadmos zu ihren Lebzeiten sein. Andere nehmen es nicht wahr und können durchlaufen. Es funktioniert nur mittels der uralten Magie, die in uns beiden weiterlebt." "Eine Zeitreise also! Eins ist mir immer noch nicht klar, wie vererbt es sich? Gibt es nur bestimmte Generationen oder ist es Zufall? In dem Tagebucheintrag, den ich von Zino gelesen habe, schreibt er etwas von Chaos?" Hannas Kopf arbeitet auf Hochtouren. "Das ist das Problem. Das Orakel hat vorhergesagt, das eine Bindung erneut entstehen wird und das Tod und Unheil die Welt beherrschen werden", antwortete Roberto.

*Nur wer die Vergangenheit
kennt, hat eine Zukunft*

-Wilhelm von Humboldt-

Harmonia Kapitel 17

Roberto und Hanna hatten es geschafft sich unbemerkt aus dem Haus und zu der Statur von Harmonia zu gelangen. Es waren kaum noch Besucher vor Ort. "Und du willst das wirklich durchziehen?" Hanna sah ihm fest in die Augen. "Das scheint die einzige Möglichkeit zu sein, den Fluch unserer Familie zu brechen. Die Überlieferungen sind Jahrhunderte alt. Ich glaube nicht an die Sagen. Bist du bereit?" er sah sie ebenfalls an. "Bereit, wenn du es bist." gab sie zurück und schmunzelte in sich hinein. Jetzt fühlte es sich allmählich an, als sei sie in einem der Edelstein Romane von Kerstin Gier gelandet, die Hanna bis zum Abwinken mitsprechen konnte. Roberto öffnete den Verschluss ihrer Kette. "Sind Drachen nicht eigentlich allergisch auf Silber?" Roberto lachte. "Der Drache lebt in mir. Er ist ein Teil von mir, aber ich verwandele mich nicht in einen." Er gab ihr die Kette. Hanna nahm sie entgegen und ging zur Statur. Im Stein waren deutliche riefen zusehen, wo eigentlich die Kette hätte sitzen sollen. Hanna legte sie um den Hals. Die Kette verschmolz mit dem Rest und formte sich auch zu Stein. Als Hanna wieder neben Roberto stand, fiel ein Sonnenstrahl auf ihre Vorfahrin. Der Anhänger nahm seine ursprüngliche Form wieder an und warf ein blaues Licht zurück. Hanna hatte keine Ahnung wo sich die anderen Staturen befanden, doch das brauchte sie auch nicht. Aus 6 anderen Richtungen kamen weitere gefärbte Lichtstrahlen und trafen sich mit dem Blauen. In Hanna breitete sich Unruhe aus. Roberto schien es ähnlich zu ergehen. Ihre Blicke trafen sich. Das Pentagramm in seinen Augen leuchtete heller als sie es bisher gesehen hatte. "Nein!" Ein Mark erschütternder Schrei hallte über den Platz. "Was habt ihr getan?" Dimitris tonlose Stimme drang an ihre Ohren. Sie drehten sich um. Hinter Kostas und Dimitri waren mindestens 10 weitere Personen. Alle waren in grüne Mäntel gehüllt. "Verdammt, das ist die Loge!" Robertos Stimme klang panisch. Er schob sich vor Hanna, drehte sich zu ihr herum und zog sie an sich. Dann küsste er sie, als wäre es das Letzte, was er jemals tun würde. Hanna hörte einen Schuss, wie der einer Pistole. In diesem Augenblick stöhnte Roberto unter ihren Lippen auf und krümmte sich. "Lauf!" war alles, was er noch sagte. Hanna konnte nur zusehen wie Roberto auf den Boden sank. Ein weiterer

Schuss fiel und Hanna machte hastig noch einige Schritte zur Seite bevor alles schwarz um sie herum wurde. Als sie wieder zu sich kam, drehte sich alles. Die Sonne schien hell und ein Geruch, wie auf einem Bauernhof stieg ihr in die Nase. Langsam setzte sie sich auf. "Roberto!", rief Hanna panisch. "Ich bin hier", erklang es röchelnd hinter ihr. Sie drehte sich um und ihr wurde übel. Roberto lag leichenblass in einer riesigen Blutlache auf dem Boden. "Hilfe! Ich brauche dringend einen Notarzt!" Hanna sprang auf und rannte auf Roberto zu, griff in ihre Hosentasche und wählte den Notruf, doch nichts tat sich. "Prinzessin, was ist passiert? Wer hat Sie und den Prinzen angegriffen?" Hanna drehte sich zu der Stimme herum. Vor ihr stand ein Bauer. Sie sah sich um und erschrak. Wo waren sie? Dies war nicht Thiva. Inzwischen waren weitere Männer herangeeilt. "Legt den Prinzen auf die Kutsche. Wir müssen ihn dringend nach Hause bringen. Er schwebt in Lebensgefahr!" Hanna sackten die Beine weg und um sie herum wurde wieder alles schwarz.

Fortsetzung folgt!

LIA-FINLAY

Lia-Finlay ist 27 Jahre alt und wohnt mit ihrem Mann und Hund im Harz. Ein paar Mal hat Sie sich am Schreiben von Büchern probiert, jedoch bisher nicht den Mut gehabt, ihre Werke zu veröffentlichen. Durch den Young Storyteller Award 2023 hat sich dies geändert. Das Schreiben macht ihr großen Spaß und beinhaltet unterschiedliche Themen wie Fantasy oder auch das wahre Leben. In Ihrer Freizeit geht sie außerdem gerne Wandern, Kartfahren und spielt Musik. Nach der Schule hat sie ihre Ausbildung abgeschlossen und ist als kaufmännische Angestellte tätig.

Loved this book?
Why not write your own at story.one?

Let's go!